新时代精品
朗诵诗选

# 一首诗
# 一个故事

梁云山
著

北京燕山出版社

**图书在版编目（CIP）数据**

一首诗一个故事/梁云山著．— 北京：北京燕山
出版社，2022.1
ISBN 978-7-5402-6250-1

Ⅰ.①一… Ⅱ.①梁… Ⅲ.①诗集—中国—当代
Ⅳ.① I227

中国版本图书馆 CIP 数据核字（2021）第 225444 号

一首诗一个故事

主　　编：凌　翔
责任编辑：杨春光
装帧设计：陈　姝
出版发行：北京燕山出版社有限公司
社　　址：北京市丰台区东铁匠营苇子坑 138 号嘉城商务中心 C 座
邮　　编：100079
电话传真：86-10-65240430（总编室）
印　　刷：北京军迪印刷有限责任公司
开　　本：710 × 1000　　1/16
字　　数：168 千字
印　　张：13
版　　次：2022 年 1 月第 1 版
印　　次：2022 年 1 月第 1 次印刷
ISBN 978-7-5402-6250-1
定　　价：55.00 元

# 抱薪者终将远行（代序）

聂权

　　梁君云山，仁人也。有责任心，有担当，与人交往无功利心，气息好，这是我看重的品质。之前有过几位写作者邀我写序，我都推掉了，云山兄邀我写，我欣然应了。虽然仍是才疏学浅、资历未足，但是应一位气息相投的朋友的邀约，为他的进步献绵薄之力，也是一桩开心的事。

　　我和云山兄相识，是两年多前，在广东湛江红土诗社的三十周年庆典仪式上。红土诗社是一个纯民间诗社，一个民间诗社可以薪火相传三十年，并且保有强盛的生命力，是我意想不到的。要让它呈现出经久而不衰的面貌，除需当地几代写作者要有对诗歌的热爱之外，还需要有几代组织者不懈地聚合。这样的组织者，要聚拢，要管理，要统筹，要运作，要化缘，化来经费，保证诗社的日常开支、活动开展、内刊印刷。这并不是一件易事，要组织者有毅力、恒心、公心、极强的社会交际能力，也非有对诗歌的由衷热爱不能延续。墨心人、梁云山两位，即是这样的人。整个诗会期间，他们组织布置会场，举行诗歌讲座、朗诵及颁奖晚会，有条不紊，不沉闷，有新意。让我记忆犹新的是，诗会第二天，早茶时间，许多诗友很早就到早茶间准备会议、讲座、晚会中所需的书籍、条幅。那种自然而生的热情，使我心生温暖。而在其间，云山兄作为主要组织者之一，鞍前马后，接待统筹，各种微小处，都安排得恰到好处。

我个人感觉，朦胧诗、第三代之后，诗坛有十多年是沉寂的，但是现在回看，这种沉寂中蕴积着大力量。这种力量，在个人的阅读和编辑工作中，时时可以让我感受到。一方面，当下的诗坛令人欣喜地出现了引领性的人物，这些人物各有体系、面目、气象，而且为数不算少。清代学者叶燮在《原诗》中说到读杜甫、苏轼："我一读之，甫之面目跃然于前，读其诗一日，一日与之相对；读其诗终身，日日与之相对也；举苏轼之一篇一句，无处不可见其凌空如天马，游戏如飞仙，风流儒雅，无入不得，好善而乐予，嬉笑怒骂，四时之气皆备；此苏轼之面目也……余尝于近代一二闻人，展其诗卷，自始至终，亦未尝不工，乃读之数过，卒未能睹其面目若何，窃不敢谓作者如是也。"当下诗坛，见面目且成体系者已有一二，仅由此一点判断，整体水准已比叶燮的时代更强；另一方面，在编辑过程中，接触到大量的诗歌作者，很多作者的水准让我时常诧异，他们明显地是在诗歌上作了长期坚苦卓绝的努力，也许是十年，也许是二十年，也许更久，他们绝大多数都没获得较大的声名，但是因为心底对诗歌的真挚热爱，一直在沉潜中踏实前行。我甚至作了一个判断，过些年，中国极有可能出现盛唐时诗歌的气象。几年过去，虽然这个判断因当下的诗歌力量并未有如我预想的有更进一步的发展，部分被我自己否定，但是，中国新诗已得长足发展、甚至已进入世界前列这样的结论，我个人觉得还是准确的。

而中国新诗二三十年间可得这样的发展，与红土诗社这样的民间诗歌力量，与梁云山兄这样的基层诗人的热爱、坚持、努力及付出是分不开的。对于民间的这些诗歌力量，和这些厚积薄发的诗歌进程中不可缺少的沉潜而坚定的诗歌行者，我是有发自心底的敬意的。

云山兄年长于我，接触诗歌的时间也长于我。之前零星地看到过他的一些作品，这是我第一次对他的作品得窥全豹。这部诗集里的第一辑，可能收录的是他最满意的作品。有些作品，合于"诗言志"这一本质特征，他可以自如抒发自己的生活体悟、生命体悟；见悲悯心，有着返观诸物、返观其他生命的观照；轻灵与厚重之间做到了不错的平衡，颇有余味。如果他的其他作品都能呈现出这样的水准，并且有更大的格局、更高的格调，起码，他会是一个地区不可多得的诗人。这让我看到了他的潜力，也对他的写作抱有希望。

希望云山兄这样的抱薪前行者，能在诗歌薪火相传的道路上走得更长远。

是为序。

2020.5.15

# 目 录

## 第二辑　苦涩才是爱情

## 第三辑　笑声一点一点滴下

第一辑　正在逃逸的风景

# 寻觅古县治

## 1

一千多年前，我推着独轮车

走向椹川县的城门

车上的红荔枝，像铁炉前父辈的脸


三百多年前，我手握银枪

挺立在椹川巡检司的岗上

丝路吹来的风，正掠过十里窑群


那天我从椹川大道出发

那天我小心翼翼的车轮

滑向岁月里沉睡的故事

## 2

也许是护城的经历
也许因红坎岭和镇海岭的敌意
椹川河的水，始终比月光清冷

古埠头前，我曾无数次擎起竹竿
无数次向着海门，摆渡历史的寒意

直至衙署掉下最后一根椽条
直至巡检司迁完最后一副盾牌
直至海盗，把我的长篙折断

## 3

我挖出一片碎瓷，抓过一柄铁耙
掬起一捧河水，寻找你

我把汗衫抛进风里，把梦晒满河滩
循着一骑红尘，寻找你

我从史书的字里行间跑向田垄
在一颗荔枝的丰盈与晕红里
终于，找到了你

# 南昌八一广场

或许您归来的英灵

认不出这里了

不要紧

您可以摸一下自己的雕像

顺便把那血和眼泪

再擦一擦


随便溜达溜达吧

听听那雄壮依然的歌

不要再为那一枪是否打中

而耿耿于怀了

其实您那一枪

打响比打中更重要


您听那河水，奔流不息的

像不像，您的枪声

# 雅鲁藏布江

若我是他们的父亲

来给他们取名字

该要用多少个年头啊

这些调皮的山头

很多已躲到后面去

前方的，都在踮起脚，望我


若是太阳下山了，我想

他们是会溜下来的，从两边

或喝水

或洗澡

或靠近我的车窗

听李娜唱歌

# 米拉山口

海拔 5013 米的一头牦牛
曾透过眼神，向我传递了，四句诗

我每每想朗诵给你听
但那一口气，我一直没能喘过来
耳朵里依然灌满，嗡嗡的风

拿相片给你看吧，有经幡在飞
但愿能，启发到你

# 兰州

在我到来之前
你已在戈壁滩上吹风几千年
曝晒几千年
你的容颜让我惊讶

黄河来到这里时
已有点气喘
丝绸之路来到这里
正是黄昏时分

从黄色里长出的翠绿
每一点，都让我欢喜
而从翠绿里长出的金黄
交织了，你的天空

你怀里的婴儿
看不出男女
我抬头，望望皋兰山

我低头，望望河水

一碗拉面
不会是你的全部家当
但在与一碗牛肉面对话之后
我已深深地，爱上了你

# 河南话

"叔叔阿姨！这盒饭给小妹妹吃吧
俺看她饿得发抖……"

"俺看到你们用手机点餐了
但街上水还深，送不来的"

"不用给俺钱，客户已付过钱了
他自个等不及，不要了的"

这是公元 2019 年 7 月 31 日 22 时 45 分
中国郑州，一个外卖小哥所说的
河南话

这是被困在地铁站三个小时
再扛着行李，蹚水一公里的我们，听到的
河南话

# 过天堂镇

第一次路过，天有点暗
乌云像妖魔的纱巾
缠绕着路牌上的"天堂"

第二次走过，夕阳西下
天空中云彩变幻
仿佛有天籁之音飘过

第三次，我把车停下
终于望见了
那山羊一般安详的小镇

# 华北大雪

你冒失地闯入了
我已感冒多日的华北视野

正赶往他乡吗
或是匆匆还家
你所演绎的寒冷造型
已传遍大江南北

我在华南的一扇窗内
正数着点点冬雨
入眠

# 邀请函

海东徐少爷被浪花吻了
这是四月的大事
是天大的事

少爷说，不能吻过就算了
要抓住四月的尾巴
向大海讨一个说法

当然，要邀请诗人帮忙，包括你
当然，要喝酒、唱歌，还要献一曲
金黄和翠绿缭绕的舞

就三十号吧，下午五时
诗和海鸟的叫声
会在海岸线上，等你

徐少爷敬约

# 十万大山

一些石头与灌木丛，好像一直跟着我
蹑手蹑脚的

山泉也是，一路跟踪，拔凉拔凉
让我的心，瘆得慌

还有好些高大的树
或远或近的，像诡秘的山人

妹子你别一惊一乍的
我还要攀爬，或拄上拐杖，探索前行

十万，或许是神秘，或许还有传奇

# 冬虫草

想不到，我家乡挑番薯用的畚箕
也上了五千米高原
还盛上了，贵比黄金的冬虫草
一箕一箕的
就摆在景点的路边

旁边半蹲着的姑娘
没有鲜艳的裙子
没有可爱的高原红
没有一丁点臀和胸脯，没有笑

云正从那最高的山头
包抄过来
头昏脑涨的我，举起了照相机

没有一个镜头对准她，和她的冬虫草

# 在西藏被一座大山取笑

在一个很高很高
没有虫叫、没有空气的地方
所有的人，都吐了，包括司机
大家的头都前倾着
屁股翘着
蹲在车边吐

哦，不对，有一个人没有吐
他应是这里的神
我吐完抬起头，就望见了他
他浑身裸露着
肩膀很宽，很结实
夜晚九点多了
居然还有一圈夕阳映着他的脸
他正冲着我们笑
呵呵、呵呵的笑声

在回响

# 九寨沟

那一泻而下的金黄
不断蔓延
包括那水的涟漪，那鸟的叫声
一直跟着我
包抄，包围

终于在去年的冬天
梦见一个皑皑的出口
我决定冒着严寒出发
爬上最高处
看沟，望海

# 螺岗小镇

我曾经很多次，经过这里
居然没有，发现你
四十年前，那是一个深秋，芭蕉雨红
我坐在父亲的小推车上
差点就撞上了，你浓浓的轮廓

原来你漂在，一亿年前的大海上
是浪漫者的目光，把你掠来
安放在这个
公元二〇一八年的初冬

昨夜梦回，我爬上了高高的山脊
坐在茶亭的石凳上
吹响螺号
我吹开了父亲的汗衫，吹动了小推车
还引来了
满天黄莺

我看见，一群群诗人

正推着拉着背着，一箱箱一袋袋诗情

从地球的各个角落

呼啸而至

# 华和酒店

在白天，它有点远
隔着阳台、小区大院
和一个花卉公园
哦！还有一条冷清的街道
穿绿色而过

在夜里，它有点近
如果能在凌晨二时之前
把视线左移十八度
那静静的四个霓虹字
就会浮在电视屏幕的边上
没有任何东西隔着

但今夜，却隔了一场狠狠的雨
那曾经辉煌的一扇扇窗
晃得猛烈
那一圈圈的晕红，像血

今夜屏幕上闪烁的，还是爱情

那情节

像今夜的雨

像雨中的华和酒店

# 今夜我也在德令哈

曾经被海子，和海子的德令哈
伤过

今夜的德令哈，却没有一场雨
提供伤感

海子纪念馆旁边的客栈
就在客栈的旁边

那一块石头
不让我去还原，它原来的样子

今夜我的眼睛、脚步和心情
都想着，去占有德令哈的夜色

今夜我是海子的姐姐
是德令哈的姐姐

# 越南女人（组诗）

## 1

心随着那长裙在摆
越摆越近，越摆越远
越摆越白，越摆越绿，越摆越红

越摆越慌，越摆越乱

## 2

看得见那笑容
氤氲着甜甜的水汽
看不见那眼睛
尖尖的斗笠，遮住了千年风雨

循着那笑容，寻那眼睛
从大海到山林

从渔船，到山上的竹楼、小路

## 3

他骑着摩托车，戴着安全帽
从他女人的身旁，呼啸而过

他不看女人的长裙
不看女人弯腰时的婀娜
不看女人抬头时的温柔
不看女人蹙眉时的可怜

他驮着海风，背着山风，突突远去

## 4

她不穿长裙，不戴斗笠
笑时先压压身子
眼睛很亮，牙齿很白

"我大学学的是中文
学校在北方，在首都河内附近"
声音像九点多的阳光，带着微红

"听说你们每家都有小汽车
我去过南宁、昆明、大理，太漂亮了"
她眼里的光，像她的牙齿一样白

她是另一个团的导游，搭便车回家
下车后，她把手中的旗子压短
在夜幕中还摇了摇

"那场战争
我也上你们的百度，查了"
临下车前，她还这样说了，还轻轻笑了

# 东盟城（组诗）

## 1

用两枚图钉，把世界挂起来
按住一个点，插上小红旗
升起
一个理念，一种格局

从小红旗往下，方寸之间
便是这个星球，一片名叫东南亚的土地
那面小红旗在雷州半岛的激昂
正在这里回响

## 2

建城之前，先建一个公园，叫东菊公园
公园里
一朵菊花，一座城

走进一朵菊花

循着花香，是无穷无尽的金黄


## 3


遇见一张笑脸

再遇见一张笑脸

烦忧的生活，也变成了笑脸


晨练的身影有张张笑脸

小道旁她蹲下身，捡起一团废纸

揣进兜里……


那枝头上的鸡蛋花

瞬间，又开出了几张笑脸


## 4


感动于一扇芭蕉的鲜绿

感动于浇灌鲜绿的，琅琅书声


如阳光雨露一般铺洒

如当空明月一样逡巡

书声，让家的风景更青翠
让家与城、城与城
紧紧地拥抱在一起


5


白天对着太阳舀半盆水
夜晚对着明月舀半盆水
一个汉字的含义
一个名字的主旨

望得见一种力量在升腾
与一座城的拔地而起
属同样的质地

奔向一个名字，奔向那满园的棕榈树
不需要其他理由


6


在书声与涛声合围的广场上
在五星红旗的旁边
翻滚着，十面，五颜六色的旗

第二辑　苦涩才是爱情

# 口琴

与你，走进秋天的琴行
我买了一把口琴

你不知道我的过去
我埋头，吹给你听

琴声是铜色的
你的背影，也是铜色的

# 当年那辆单车

是回来后的第二年了，那天是清明节
小县城一个人也没有
它该是让鬼，给骑走了

我当然还记得，毕业离别那天
长途车站的风很大
你吆喝着，手摇两张十元币
给它买了车顶票

对不起！这么多年不告诉你
我知道那后座上
仍载着，你还没毕业的梦

# 吉他

那年，在大学天桥的

最高处

斜斜的小雨，装饰了你的风衣

鹅黄的灯光，装饰了你的长发

我那破了几个洞的

回力球鞋

装饰了

你挎在背上的时尚


哦！风吹动乐器的声音

装饰了，你匆匆而过的一声

您好

# 一见钟情

那是一片湖，芦苇摇曳
一只水鸟，掠水而过

那是一条河，长满苜蓿
花朵点缀着，流淌的乡愁

那是一方水塘
有女人抱着盆，拾级而上

那是一个夜晚
有女子提着鞋，走向月亮

从你的眼里
我看遍了，你家乡的水系

# 补丁

一个已遗忘很多年的词语
那天他居然摸到了
——补丁，在一条土布内裤上
内裤的主人，是一个刚从冰冷的北方
被网络爱情招来的女孩

窗外霓虹下的花，正温暖地开放
窗内女孩的情怀，正羞涩地开放

这些年他的欲望一直疯狂
那一夜他的双手一直痉挛

# 石榴

每每一口咬下
我总是轻轻地眯上眼睛
这时候，她就会翩翩而来
一手牵着小狗
一手牵着一段岁月

这么多年了
我时常在花期里睡眠
在果期里醒来

# 邻家女孩

她背过我
在我掏鸟窝
摔伤了腿的时候
我闻到了，她头上的蔓草香

她抱过我
在我与人打架
斗红了眼的时候
我见到了，她眼珠里的乞求

五年级时，她高我一拳
读初三时，我长她半头
我偶尔偷偷地
望着她鼓起的胸脯发愣

我上大学时，她做了新娘
我假期回村，她出现在我门前
我手足无措啊

但她始终盯着我笑

后来在梦里，她拉我进屋
教我云雨事，帮我做男人
因为这个梦啊
我迷惑了，很多很多年

# 夜过你的城市

往事匆匆忙忙赶来
纷纷扬扬地
洒向长街

在城市的梦境中前行
那隐约的玉兰香
可是你的梦呓

心如一只疲倦的黑鸟
在稀星一般的光亮间来回
直至掉落于某一扇窗前

就暂且在出城之前
抖落眼中
酿了几季的念想吧
曾经爱哭的你
成了旅途的一阵小雨

# 打包

买单前，妻要打包
我说，要一块钱买盒子
拿回家从来不吃，还要费力扔掉
妻白了我一眼

第二次，我又这样说
妻又白了我一眼

第三次，我还是这样说
妻还是白了我一眼

# 周四早上

忽然发现
妻数落我
大多在周四的早上

她从当年怀上儿子开始
重点是婚后第五至第十年
内容涉及我懒惰，不做家务
打牌下棋不归家
三更半夜看足球
平时从不关心她
乃至我可能存在的生活作风问题

她先是端上早餐给我
接着抱衣服到阳台晾晒
然后回来收拾碗筷
而她的数落
是从收拾完转身的时候开始的
阳光透过纱窗，照在

她的后背、头发和脸庞上
再反射到我的心上
电波一样，一波接着一波


在妻的数落声中
我开始转眼望窗外
我发现，这周四早上的阳光
飘着一根根，金的丝线

# 贤惠

老婆，我能用脚，也摸摸吗

通过女人肚子的微动
他领会到迟疑
也感觉到默许
于是把双脚，伸到女人的胸部

夜风有点大
那抖动的帘布，扯着女人的心

# 总结

如果你善于总结
应该能发现，你失败的一婚
与我有莫大的关系
但你，只是笑笑

如果你善于总结
应该能发现，你失败的二婚
与我还有莫大的关系
但你，只是笑笑

我在冬日里伸出手
想摸你的伤痕
你猛地后退
依然，只是笑笑

# 小木桥

走过小木桥
你在春夏
春风送来小花
夏雨轻拍木屋

走过小木桥
我在秋冬
秋叶带着心绪
飞进冬日的冷油画

曾有一个梦
能把季节重叠
于是你我同倚栏
仰望天上的流云

但我不敢看流水
怕会映着
你的妩媚
我的沧桑

# 除夕前一天

在厦门某大学的女同学
又给我寄酥饼了
是二〇一七年元月二十日寄出的

除夕的前一天
偌大的办公楼少有人语
我坐在办公室里
慢慢地,轻轻地,拆包裹
读她一并寄来的,新年快乐

感觉有海鸟的叫声
一阵阵,一阵阵地,传来

# 一支小雨伞

回望二十年的天空
有一支小雨伞开出了花
那是风铃花，在校园，在湖边的道上
摇着风，摇着雨，摇着片片阳光

起初，你是小雨伞的主人
一手撑着伞，一手抱着书
踩着校钟的思绪，向我走来
至今我还能记得，那黄花摇曳的背景

不久，我也成了伞的主人
撑起雨滴虫鸣，撑起琅琅书声
撑着我们的爱情，在四季里遨游
至今我还能哼唱，那风铃花奏响的乐曲

后来，在一个风大雨急的午后
你温柔地拉过我的手
让我一个人，做小雨伞的主人

至今我难以忘记，你转身时缭绕的水汽


后来，小雨伞成了岁月的主人
带着我爬过一道道坡，跨过一条条河
我时常在梦里，跑到那湖边
去凝视那朵朵落花的眼睛


回望二十年的天空
那一支小雨伞开出的风铃花
把我的人生，把我对你的思念
装扮成，一瓣瓣飘洒的金黄

# 诗人秋波的风流事

## 1

考不上大学的秋波
只会写几行诗

与村里的土福、田贵不同
秋波的名字
本身就是一首诗

夕阳下的海水是秋波的诗
夕阳里走来的张寡妇，是秋波的诗

## 2

秋波的风流事
首先与诗有关，其次才是女人

在海边的番薯地

夕阳倒下去了，张寡妇倒下去了

秋波和他的诗

慢悠悠地，也倒了下去


3


秋波与张寡妇那点事

在海岸线上的村子盘旋几回

让落日和木麻黄的风

加工几回，便有了色彩和味道

便稳稳当当地，爬进了北部湾的历史


4


张寡妇在成为寡妇之前

虽然长得热烈

但秋波从不正眼看她


张寡妇成为寡妇后

在秋波的眼里

怎么看，都是一首黏糊糊的诗

# 5

张寡妇蔫了，像掉落地上的黄槿花
沾着的水珠如泪
风吹过，花瓣在颤动

虽然秋波写给她的诗
像海浪一样澎湃

# 6

村里的后生们恨秋波
秋波的父母恨秋波
北部湾的七月恨秋波

每天，在涛声与怨恨声中
秋波依然摇头晃脑地写诗、吟诗

# 7

其实张寡妇喜欢秋波
就像读书时喜欢徐志摩一样

但现在她恨秋波
恨他疯疯癫癫，恨他嬉皮笑脸
恨他影响她的名声

她在院子里不时地顿脚
那荔枝花
在八月的涛声里，簌簌地落

## 8

秋波离开村子了
他要去深造，追寻文学的梦
张寡妇也离开村子了
她要去闯荡，像海浪一样

那天风很大，细雨斜斜地飞
秋波往东，张寡妇往西

北部湾的历史记下了
"某年某月某日
秋波与张寡妇为追求爱情
选择了，私奔"

第三辑　笑声一点一点滴下

# 擦鞋妹（组诗）

## 1

"先生，擦鞋吗？"
"先生，请问擦鞋吗？"

增加的"请问"两字
她用了五年来练习
在南方这个多雨的城市
伴随这两个字
她的鞠躬，一个比一个矮

## 2

她带着两张矮凳子
一张给客人的脚坐，很光鲜
一张给自己坐，很残旧

一贵一贱的两张凳子
胶质的。走路时
她把它们套在一起


3


酒馆门前管泊车的光头叔
又揩油了，那又肥又厚的手掌
在她的胸部运行了六秒
揉捏了三圈


她不生气
她已不会生气


4


他经常坐在靠窗处
一边用餐，一边看书
他经常对她笑
问她来自哪里，家里几兄妹
每次一擦完鞋，他就给五块钱
说不用找了

那一年
她经常梦见跟他说话
还梦见自己毫不犹豫地
把身子，给了他

## 5

其实，她更喜欢去洗车场擦鞋
因为那里有老乡
因为那些锃亮的车，很像皮鞋
因为那噗噗噗很好闻的水汽
也不时在洗着，她的心

# 赶海人（组诗）

## 1

望见那青石井映着的月亮
便想起婆娘的臀，肥肥白白

想起那哗哗啦啦的井水
便记起婆娘的手，多么舒坦

离开那水汽朦胧的井台
便看见趴着的坟，乳房一样

桶叔扛着渔网，想着女人
踩着坟里人的影子，夜归

## 2

傍晚，桶叔从海上回来
看到婆娘和女儿在哭

——父亲死了

桶叔没哭，闷坐了几个时辰


午夜，桶叔上床睡觉

惯性地顺着婆娘的肚皮

去摸奶子。忽然一激灵

桶叔哭了，嘤嘤嘤，像儿时一样


大不敬啊！

老父的尸身就躺在堂屋，仅一墙之隔

哭得凶啊！

桶叔把积了几十年的泪

全抖在婆娘的肚皮上


忽然，桶叔扯下婆娘的裤头

为孝道，再冲锋一回


3


那夜赶海归来的桶叔，要吃白米饭

那夜白米饭的香，熏醒了睡满堂屋的孩儿

那夜桶叔的锅碗瓢盆全被踩翻了

那夜桶叔的婆娘哭起了大雨狂风

那夜桶叔漏了一个孩儿在门外
那夜海豚一样的哭声，响至天明


4


桶叔拖着半个海的腥气回村
吹醒了几声狗吠

婆娘起身，将小鱼小虾下煲
桶叔喝过两碗酒
便把女人扑倒在渔网上

扯下女人的裤头
桶叔就要冲锋的时候
睡在堂屋地板上的老六，梦惊
大叫了一声

油灯怯怯地
勾勒出，一小圈，浪坡一样的臀

# 昨天还是干净的

她挑了一盒粉底
付款时显得羞涩：小哥
我刚来，还没赚到钱，能赊给我吗
我很是迟疑，正欲开口
她忽然抱住我，柔发拂着我的脸
眼里有红红的哀求

第二天晚上下着细雨
她来了，低着头：昨天
抱你时我还是干净的
她放下钱就转身走
像逃跑的兔子

一滴雨在她身后落下
落在中国 1993 年的小县城
一间小化妆品店的周围
有很多滚着七彩灯的发廊

# 红红发廊

他端着小饭盆坐在门口
面前一个矮柜子
一台电话
街上不时有车扬起烟尘
但他吃得津津有味

身后的发廊十几平方米
挤着十几个姑娘
但发廊早已不再剪发
只偶尔洗洗头

电话响了
他把饭蹾在柜子上
喂！红红发廊，哦，哦，好……
他跨上"重庆仔"，猛踩三脚
突突突，姑娘跟着突突声出来
斜坐车上，搂上他的腰
朝着某个旅馆突突而去

喂！红红发廊，哦，哦，好……
饭又被蹾在柜子上
那个中午，那小饭盆被蹾下六次
其间有不少车开过
还有几个苍蝇飞落
但他吃得津津有味

# 枫树

并排站在河边

晒谷场边

越长越高，越飘越红，遮天蔽日

热闹了年轮

热烈了天空


那一年，友叔满腿田泥

怀抱溺水儿子

那七十二小时哭喊啊

就是用你

来作的背景

# 哑女

哑女被大队书记压在身下的时候
先是哭
接着就笑了


大队书记屁股和腰背上的刀痕
先是哭
接着也笑了


大队书记被哑女当众指着的时候
先是笑
接着就哭了


"人民政权不会放过一个坏人
你肚里的孩子，也是革命的后代
我们一定会负责到底"

# 姐姐

姐姐很听我的话
上学的路上，她背着我
挪了一程又一程

姐姐很听父亲的话
田间的路上，她扯下书包
挑起了自己的童年

姐姐很听母亲的话
邻村的路上，她穿着红衣裳
用彩礼作我的学费

姐姐很听丈夫的话
她吃着番薯干，扛着重农活
生了满地的孩子

姐姐很听公公的话
她爬上牛车顶，再扎一捆柴

摔倒在黄昏的风里

姐姐啊！我的姐姐
她望着丈夫点点头，然后从医院
被牛车拉回了家

姐姐啊！我的姐姐
她朝着婆婆点点头，然后睡到了
铺在堂屋的草席上

姐姐啊！我的姐姐
她坟头的小花点点头，然后微笑着
作别春风里的我们

# 堂叔

包括睡觉
教书的堂叔都在捉数字

我仿佛看见一串串数码
如打结的血丝，从他的眼中抽出
一天天，一年年
便抽空了

那天他躺在长木箱子里
让三轮拉着，像个 4 字
后面跟着的
是我和他的儿子、弟弟
共六人
天空一点也不阴暗

我几次想绕到眼泪的前头
去告诉他
这期奖很可能是 4 号和 6 号
四头六尾

# 三轮车

鲜艳的街道，鲜艳的车流
黑白的三轮车
黑白的老人和女孩


爸，高考公布分数了
哦！考中了吗
考中了，全班第一，全校第六
哦……才第六
爸，我已经很，努力了
——哦……知道了，考中了


八月的风，有点大
吹得女孩的眼睛，有点红


女孩，是十九年前
一个外省女人
丢弃在垃圾池边的婴儿

# 两种意见

关于该不该葬在一起的问题
大致有两种意见
一是应该
他俩要好，在一起有照应，不孤单
二是不应该
否则到了下面
照例一起去闯祸

表兄和表弟，深夜去喝酒
与邻桌发生口角
被剔骨刀各开了一个口
至今还醉在，冰柜里

# 祛斑灵

二十多年前
那个没有几棵树、路灯大多不亮的县城
女人的脸上总有两片乌云

只有那个在中心市场叫卖木叶饼
春节前的一个午后弄丢了儿子的女人
她的脸白霜一样，不见了乌云

二十多年前，我在县城开化妆品店
那个叫卖木叶饼的女人
我认得她
春节后她来过我的店
笑着掏钱，买了祛斑灵

# 外卖小哥

我起码要用十秒来辨别
那滑入河畔花园的夜
滑过我身旁
像树叶一般飘飞的
是一个人的身影

那身影
被手里的两个小袋子牵引着
正滴滴答答地，摇摇晃晃地
往前冲

哦！我应该还听到了
他经过我身旁时的心跳

# 佛音

最后那十几天
他一直闭着眼睛，在听
床头那小机器渗出的音乐
老伴陪着他听，姐姐陪着他听
有时，儿子也过来陪他听

一个平素不信鬼神
几十年来大刀阔斧的男人
就这样融进，虚无缥缈间

此后几年，老伴依然在听
每个双休日
她都要转几趟车
去邻市郊外的南山寺
去给僧人煮饭，扫除

# 生物疗法

在师父去往天堂
或地狱的，前一天
他又到了人民医院
在楼梯上，又遇到了
那位眼镜深深的主任教授

你师父的生物疗法做了
嗯，效果还不错
待会儿你去把钱交了吧

# 橙子树

通哥乡下的院子里
种着一棵橙子树。这个秋天
树上挂了十三个
诱人的橙子

通哥每次回家
都忍不住伸手去摸橙子
通哥摸时，通嫂在旁边
心紧紧吊着

通嫂也忍不住
去摸橙子。通嫂摸时
通哥的脸紧绷着，他知道
女人的性子

通妈从不摸橙子
她只是斜斜地站在远处
用那混浊的双眼
摸儿子和媳妇的背影

# 逆行者

母亲患癌，正睡在家乡的手术台上
妻子临盆，正挣扎在医院的产床上
你赴前线，正缩在飞往武汉的航班上

这个春天放出了三根线
从三个方向，正扯住你澎湃的心

儿啊！你回来不一定能看到娘了
但你一定要回来

儿啊！爸爸回来就能见到你了
爸爸一定会平安回来

# 福哥的歌谣

看见福哥
就等于看见了大海
等于看见了大海的沉默

福哥很少说话
他的女人也很少说话
他的家像大海一样沉默

福哥赶船，女人赶海
女人下完崽几天就下了海
身子骨依然壮实

那年大霜冻死番薯
那年福哥女人赶了三百次海
但有一次没有回来

福哥依然不说话
但开始唱歌，开船绕着那片海

一夜一夜地吼

海依然沉默，还阴着脸
福哥唱的那首歌
成了赶船人的歌谣

# 五保户来伯

全村人的家门，朝西
只有五保户来伯的，朝北
那年月，我常见来伯和他的小土房
在北风中发抖

来伯以拉糖为生，他的家
是渔村唯一有东西卖的地方
我常在冬日的清晨
望着来伯屋顶那暖暖的糖香发呆

来伯很疼我们几个小毛孩
时常会抠几块小糖
塞进我们的嘴里，还呵呵地笑着
看我们一边舔，一边流淌口水

来伯很怕村里那几个野孩子
怕他们往钱罐子里扔瓦片
怕抢糖，怕他们的父母打上门来

我常常不敢望来伯的眼睛
不敢看那种满噙着、却不掉落的泪

来伯不会缝补，穿得破烂
一个好心的媳妇帮他补了几个洞
却害他被打致瘸
那原本还能挡挡寒风的门板
也被那媳妇的丈夫掀了半边

我对来伯的记忆，好像总与寒冬有关
来伯死去，也是在挨着年最冷的时候
他被草草埋在我上学的路旁
我曾经壮着胆靠近新坟
透过土坷的缝隙
看见来伯正冻得 瑟缩
那瘸了的腿，在一阵阵痉挛

# 第四辑 记忆在阳光下溜达

# 台风又要来了

无数的问候和思念
从四面八方汇集，溢满半岛

夜里有群鸟起飞
从海边，越过疏落的灯火
一路向北

风球挂起来了
那魔鬼的号叫越来越近
又将会有人，随鸟而去了

1996 年他八岁
父母双双，进了太平洋

# 箫

用课本纸作箫膜，用口水粘贴
吹红了"白日依山尽"

用旧报纸作箫膜，用饭粒粘贴
吹亮了"日出嵩山坳"

用爱情作箫膜，用目光粘贴
吹飞了"爱情鸟"

用乡愁作箫膜，用灯火粘贴
吹乱了"故乡的云"

后来，箫走向沧桑
像一女子，涉水而去
整整失踪了，二十年零十三天

昨天，箫回来时
满脸的灰尘，容颜苍老

# 上学

鸡啼过三遍之后
轮到狗吠，村东，村南，到村西
那叫声，像水花几朵

也许是昨夜起了北风
村北的狗迟迟不叫
那白蒙蒙的炊烟
也就迟迟没有升起来

但奶奶的咳嗽升起来了
这时候，我的右脚
摸到了书包

# 我的抗战梦

这几十年，我天天看抗战剧
天天做抗战梦

三十岁那年，梦见自己当了连长
四十岁那年，梦见当了营长
五十岁那年，当了团长，加强团的

那场战斗惨烈啊
我带头拼刺刀，刺死了很多鬼子
但我也负了重伤

那夜的星星繁闹啊
一个山稔花般的姑娘来到病床前
流着眼泪，摸我的额头

# 青春

## ——致五四青年节

在故乡与城之间转几圈

青春便伫立成桥

桥上有重负，有风雨

桥下有渔灯，如针穿过

# 什二昌村

村里一个抽鸦片、赌钱

解放后被吊打致死的人

死后，成了我的外公


村子在中国第五大岛

东海岛

当年我母亲离开村子去流浪

走的那条穿过水田的泥路，还在

坐的那种横跨大海的木排，不见了


有时，我还琢磨村子的名字

# 大学第一天

学校早改名了
但以前的前门，现在的后门
没有改变

校园，好像比县城还要大
但父亲只记得这个门
因为它正对着
国道旁边的长途车站

第一天的大学
儿子记得的，还有那张午后的架床，下铺
儿子的头朝东，靠里
父亲的头朝西，靠外

原来的车站，已建成高楼
校门却投映着，它二十多年前的样子
傍晚六时，一辆长途汽车
迎着风来，带着雨去

# 半月湾

湾外那千百个夜晚，几乎都不见了

湾内那一个，却鲜活着

你捏着二十年前一张照片

所说的半月湾

除了风微凉，篝火红

其他的与我完全不同


我的半月湾里有一艘破船

月光下那一滩水，始终亮着，一个笑容

# 坐在前面的女同学

读你的后脑勺，品你的齐耳短发

我用了整整三年

女同学啊

你那三年的唯一回眸

成了闯进我心海的，一只小船


记得那天下着小雨

几片荔枝花飞进窗台来

你回头，脸庞照亮我的课本

你抬笔，在我的笔记本上

画了一朵，不知名字的小花

# 高考

岁月是厚厚的黄土啊
总要把我的记忆埋葬

痛有深深的根须啊
每年这天，都要探出芽来

如果时光可以倒流
在汹涌的放榜牌前
我要选择，再摔倒一次

# 感叹号

球场西边的树林，像排排观众
任夕阳从头顶，掉落至肩膀以下

你颠球，头球，一个人来回奔突
时而像火箭一般进攻，三十米开外
你一记远射
球砸在老木框的伤口处
嘭！球门喊出了痛

北面父母的目光，南面教室的灯光
都是你
亮在心里的痛

你累了！累了也不想上教室，也不坐一会儿
你把皮球踩在双脚之下
站成三十年前
中国足球的，一个感叹号

# 小学微信群

早上醒来

发现微信又多了一个群

胜利中心小学五（3）班

不由得捞来眼镜挂上

群主是女的

名字打开记忆的天空

蓝裙子，小辫子，浅灰书包

正在仰望树上的阳光


几天下来

群里的头像已二十多个

有人搞起记忆接龙

我的名字被排在第六

顺着名单往下看

有记得的，有不记得的

忽然有个名字的后面突出一块

一个括号里，两个字

# 教化

后生时，他闯过夕阳的门
闯进麻雀把持的孔庙
打地铺，蜷缩了一夜梦
后来他生了我，一位
忧国忧民、驼背弯腰的诗人

# 下班回到家门

我总喜欢轻轻按一下门铃
然后等待，那电子音乐伴奏的小脚步
咚咚咚，咚咚咚

隔着草原色的门
我仿佛看见正在做作业的小女孩
翘着小辫子，像正在吃草的小羚羊
门铃响起，像天边传来牧笛
她的头高高举起，眼珠微转
转向那草原色的，闹钟

妈妈，是爸爸回来了
慢点跑，小心！别摔跤了

我还能辨出
妻的声音上，系着那草原色的围裙

# 伊伊去了大西北

一个人坐飞机
一个人打出租车
一个人爬上草原的高处
一个人推着行李箱
碾过小镇的落叶

伊伊走的路线
像她的身影一样婀娜

伊伊走山谷时
踏着满地的油菜花
过雪山时，乘着草原的风
在一片围栏外的空地
伊伊把壮实的祁连山
许给了美丽的青海湖

伊伊写大西北的文字
流淌着酥油茶的淡香

在往回走的前一天晚上

伊伊还去了兰州城外的戈壁滩

一个人，流了很多眼泪

# 第五辑　美与丑都堆到广场上

# 茅台酒

不知道窗外，是否起风了
不知道这个女人，是哪个男人所带

她就斜插在我面前
旋着平底杯子，挑衅我
那柔柔的目光很撩人
那尖尖的鼻子很疼人
那圆圆的屁股很诱人

她那胸脯
比我的目光要高
比我的酒兴要高
比这房间里的声浪，要高

我有理由相信，很有可能是假的

# 洗车场的小孩

洗车场，几个外乡人承包

几年下来

多了满地的孩子


屁股脏了

妈妈用抹车的布，拍拍

欺负妹妹了

爸爸腾出穿着水鞋的右脚

踹了


我发现一个在地上拣食的小家伙

那眼神

很像富豪

# 理发记

每一根白发，都是岁月的战士
选择薄弱的两鬓，突围而出
遇上刀剪了，跌到地上
却依然银枪闪闪

每每为其前仆后继而感动
而敬畏，而胆怯

决心在奔小康的道路上
向白头发学习，珍惜黑头发

# 口罩

我们源于大自然，原本
与你们的口，没有丁点关系
我们不愿罩你们，贪婪的口
是战争，是一场突如其来的战争
让我们前仆后继

救你们吧，貌似强大的主宰
可怜的地球生灵

这场春风里的烟雾，终将散去
但愿我们纯洁的心
终能罩住，你们的嘴

# 老股民

以前你转三趟车

三个小时到达市里的营业部

然后排半个小时队，填十分钟表

这只相当于现在

你对着手机一按

现在你太轻松了

所以胖了二十斤，平均每年约一斤


但上个月你梦见熊叫

铁笼子里，被抽胆汁的熊

像鬼一样嗥

醒后你就感觉，右肋骨的下叶

一直隐隐作痛

# 这里，是医院

那个服侍脑瘫儿子的老妈妈
又早早守在电梯的边上
从门外挤进门内
她已用时十三年

电梯每次上行
都是贴着她的脸
先颤抖，至少两下

# 这里，是病房

今天她带着孙儿的笑声来
掏出新买的智能手机
插上耳机
一只喇叭塞进老伴的耳朵
一只挂上自己的耳廓
这时候，院外的树梢上
夕阳和朝阳一同升起来

今天她依然带了汤和粥来
虽然十几天了
老伴一口也没吃下
她照例自己吃，和着泪水吃
吃得很用心，吃得很诱人
感觉老伴那插着导管的嘴角
也不时地，动了一下

# 信仰

那个攥着绝症报告书
铺开四肢
朝着楼下人群飞翔的男人
他不相信天堂
不相信阎罗王那里
有十八层地狱

他更加不是，唯物主义者

# 遗言

"小手术，医生说只需要一个小时多一点"
病床上她拉着他的手，用手比画着

"你先回家好吗，把我的裙子晾了再来
新买的，别让洗衣机搞皱了"
她的笑容带着歉意，带着羞涩

# 模特

妻买衣服，付完钱

看见一个女人

穿着自己挑选的款式走过

长长的腰，扁扁的臀，短短的腿

脸上抹着厚厚的粉


几天后的晚上

妹来电，兴冲冲地

嫂子送我一条裙子，知道吗

上淘宝查了，名牌新款的，非常漂亮

# 买房

"我八千元，订下那个花园城
第二天就升到一万二了，嘻嘻……"

那天在茶楼，交管局小马的齐耳短发
一直贴着台面晃动
而笑声，却蹦上了天花顶

"我也帮我哥，买了，嘻嘻……
那天是周六，那个癫佬
他说他要去摘橙子"

"我揣两万去，一万一套
那售楼小姐怕我不下手
都快叫我妈了，嘻嘻……"

# 三十度角

一只眼倾向主席台
一只眼亲近腿上的手机
我头颅与台面的夹角
大约三十度

每次出了会议室
我依然用这角度，面对太阳

那天在政府门口
我发现，那些鱼贯而出的小汽车
与地平线的夹角
大约也是，三十度

# 最后一幢烂尾楼

就站在城中央，很是自若
一年年过去了
越来越矮
越来越暗
故事的版本
越来越多

每次我从那里经过
先瞅瞅城
再瞅瞅它
然后想着它的故事离去

# 前椰村

猪年二月十六
一百八十二个壮年大黄椰遇害
被腰斩或车裂
抛尸路边


幸免于难的，是六十个俊俏者
他们坐上大汽车，远赴北海银滩
从此背井离乡
向游人卖笑


村南广场的台湾相思哭了
村北境主庙前的古榕，也哭了

# 扶贫人手记（组诗）

## 1

接到通知的那天夜里
有青蛙的叫声，把城包围，直至天明

## 2

一时找不到可换的鞋
不要紧。要紧的是
赶快找回，那苍白的往事
并擦掉，这些年染上去的色彩

# 3

世上有一种笑容
像田头那独开的番薯花
在寒风小雨中，颤动着残缺的花瓣

面对这种笑容，哪怕在村口的老树下
也必须把心中的勇气，蓄积三个月

# 4

一头，两头，三头，晒谷场满是牛
一家，两家，三家，全是白晃晃的笑

这些被赠送的牛，一声也不叫
蛇一样的鞭炮已燃过，牛还是一声不吭

# 5

田地干涸了，只需要一场透雨
思想干涸了……

一个月后，他放下了卷起的裤管
用上了口，笔，和一本本书籍
用上了山稔花一般的爱

# 6

那一个个，种了一辈子番薯的人
正挤在村委会的小楼里
像小学生一样，搓着手
学习种番薯

不远处的鉴江，流淌着哗哗的白银

# 7

快过年了。村道上
他领着村主任和会计，背着行囊
逆着祭神的人流，在走

雾气蒙蒙，炮竹声声

第六辑　路尽头的大海
　　　　　是梦的故乡

# 207国道（组诗）

## 1

"这国道从内蒙古来
在道上干活，能闻到草原的味道"
茶亭道班的老班长许汉
不爱喝酒
就爱说怪话

## 2

公社书记老黄最爱找牛班长喝酒
说酒到浓时
砂土公路便会升起来
在月光下金黄一片
那才叫壮烈
但自从他带上那个大胸女文书
牛班长便老说胃疼
最后甚至说，戒酒了

## 3

养护工王文富依然记得
离镇子约一公里处，以前有间发廊
发廊里有个四川妹子
那大腿
像米酒一样白

## 4

常年守护山笈桥的小林
买了辆破捷达，夜里去搭客
被乘客绑了手脚
从一座桥上扔下河里

那座桥，就是山笈桥
桥下的河水，仍在静静流淌

## 5

大学毕业的小李
干养护工也有好几年了
他经常发呆，站在路边的高处
原来，从小李发呆的地方
望县城
海市蜃楼一样

## 6

那一批停放在道班墙边的"红头仔"
那一代面色暗红的养护工
就像互相约好一样
一起消失了

## 7

春节慰问时
八十多岁的土杰叔说
他老家还藏着一块拖泥板

市公路局档案室的老黄听说后

求了他好几次，他就是不给
拍张照片也不行


# 8


一辆呼啸南行的大货车
偏偏撞上了
那间倒闭工厂的
大型广告牌


# 9


"事故多发路段，请小心驾驶"
这标牌挂上不久
那里接连出了四宗事故
死了四人
是此前十年的总和


# 10


夜里在家睡觉的五口人
全被车撞死了

鲜血把那里程碑上的字
染得，红上加红


## 11


国道旁那些"道班佬"的后代
很多都成了
公路工程师


## 12


国道是一根竹签
串起八个省区，串起很多梦
葡萄串一般

国道终点，那蔚蓝的琼州海峡
是梦的故乡

# 阿贵捡了一个女人

那时候公路上的车辆比行人要少
那时候公路边的凄凉比现在要多
曾经就在道班的围墙边
阿贵捡到一个女人

女人的脸庞像月光那样苍白
女人的呼吸像萤火那样微弱
阿贵背上她，从树影里
走进道班的土房

第一天，阿贵给她喂了粥水
第二天，女人说了一句胡话
第三天，阿贵端详起她的美丽
第四天，女人像虫蛹一般醒来

大哥，感谢你救了我
我来自远方，是一个教授的女儿
大哥，我无以为报

如果你要，今夜，就要了我吧

小妹，阿贵虽然娶不到老婆
但不能乘人之危
小妹，你我不是一路人
你是文化人，我被人叫公路狗

薄雾下的国道悠长悠长
阿贵拦下一辆路过的货车
女人攥着阿贵给的钱
跺着脚，哭起了一阵大风

县公路局档案员老黄曾对人说
阿贵当年救下的那个女人
时常在他写的公路日志里哭泣
年复一年地，哭得泛黄

# 养护工王文富

一九七二年的一束晨光
跟着弯弯的砂土公路在跑
过了一条村子
到达山坳处一片道班
杨班长正在给牛喂食

村里的刘二棍涎着脸走来
"杨班长早！有一件事报告
昨夜你班文富与我村张寡妇
在番薯地里干那事了
害我撞上，真倒霉"

"这么倒霉让他补偿了吧"
"补了，也就二十块"

"他日晒雨淋一个月，才拿三十块
你还敢嫌少？滚蛋"

一九七二年的一束夕阳

亮在县城的臭水河，小个子王文富

正把一箕箕臭泥往河岸拱

臭水从他的头顶往下淌

经过眼睛、鼻子、嘴巴、肚脐

直抵那裤裆

# 湛江港 1980

那年台风把大船开到百货大楼
那年我带着三年级课本
跟着木匠父亲
去修理，全国第八大港口的门

哇！这么一个陌生的大世界
竟然就藏在，我整个暑假的旁边
狼藉，悲壮，龙门吊，集装箱……
很多很多，我在多年后
才真正认识的词语

那天我光着脚跑遍港区
去确认每一个人，那干干的眼角
此后几十年，每到夜里
我都不敢听，《军港之夜》

# 摩的司机·除夕篇

## 1

在这个名叫除夕的日子
我奔忙北风中，穿梭霓虹间

今天街上的钱真多
我挣了父亲的帽子
挣了母亲的围巾
挣了儿子的书包

今天我不吃饭，不睡觉
今天我一点也不困乏

## 2

今天的警察，不抓我

好像还有一点笑
好像还朝我
点点头


3


夜里十二时，到了
新年倒数的喊声，让风飘着
在我头盔的周遭
嗡嗡作响


我抬头，望向一扇扇窗
望向一扇扇如血的灯火

# 摩的司机

我是摩的司机
我有你意想不到的幸福
这不，幸福说到就到
一个大波妹正钻出酒吧霓虹
踏进我的荷尔蒙

我是摩的司机
我有你意想不到的快乐
这不，她搂上我的腰
用青春摩挲我的肩背
用酒气挑逗我的脖子

哦！幸福不打烊
快乐不打烊
这不，又来了两个花姑娘
一个是我的初恋
一个是我失踪多年的，梦中情人

# 并不遥远的乡愁（组诗）

## 1. 深蓝的乡愁

几十亿年前，一阵雷电过后
泥土和空气变成了生命
变成了，最初的我们

身边就是大海，是家园
慢慢地
我们长出了肌肉、骨骼和毛发
长出了大脑
和脊梁

后来我们离开大海，走向深山
却未曾懂得回眸
未曾懂得面对无边的深蓝
挥一挥手

## 2. 鲨的旅程

把乡愁旋成两个半球，匍匐前进
背负四亿年潮汐
四亿年星光

我们身上的每一处
都藏着秘密

而你们，两亿年前离开海洋的你们
面目，并不凶残

今天缘何抽我的血
啃我的肉
一口就吃掉，我成千上万的儿女

我们的旅程，还能有多远

## 3. 棱皮龟的塑料角

不知从何时起
我的头上长出了一个角
角上印有你们的文字

不知从何时起

那海岛布下了一张张网
而明天，我就要到那里产卵

如果我被你们收获
请在吃了我的肉后
把我制成标本
还请你们拔掉那个角
我不想我的灵魂
还夜夜疼痛


## 4. 保护区


有人把心血滴下，煮成汤
捧到愚昧的口边
有人把肋骨拆下，当成剑
横在罪恶的面前
有人把青春铺开，泻成光
探照那一片海面

还有人，把诗社的牌子做成灵符
就贴在木麻黄的风里

深蓝的乡愁就在旁边
几十亿年并不遥远
遥远的是，未来

# 325 国道（组诗）

## 1

谨以此诗献给你
献给就要变更名字的你

有点担心
你会忘了我，忘了我们

## 2

你一直也叫广南线。但广州和南宁
大家几乎都没机会去过
只有被车撞成重伤的老温
被送去抢救
在广州待过半个多月

# 3

依然独身的老胡，走了
在春节最冷的时候
元凶是酒，和一个取暖的火盆
创口在前胸
与火盆的口一样大

记得刚参加工作那年我下道班支援
他老爱逗我说笑

# 4

班长的女儿阿毛
眼珠亮亮的，脸蛋红红的，笑靥涩涩的
她经常帮助我，抱起一堆示警筒
一跑就百十米

那年我差点就抱了她

# 5

那年我下道班支援

两个月

回来后一直到结婚生子

那屁股上粘的沥青

都还没洗刷干净


你可别笑话我


# 6


曾经一度，在国道边

见得最多的是剪彩

那旗袍小姐露出的大腿

像月光一样白


那一年，剪彩留下的大红门框

在脱了皮后，狠狠地

砸了正在刨草的阿贵


# 7


你穿城过乡，一路走来

什么东西没见过

但你见过石泥吗

就是那掉落在石厂出入口
被车碾过千百次的石粉

大家在下半夜去捡了
拌上汗水和泪水
补在那最烂的龙头路段


8


终于大修了。开工仪式上
领导说，我们落后啊
一条国道，超期服役了十几年

没有人去总结
这十几年，因何而来


9


你真的改名了
由"G325 线"改为"G228 线"
路上已有人，给你种上新的牌子

我们的名字没有变
还是叫——"喂！"

## 10

亲爱的
你跋山涉水，你曲折前进
多像我们伟大的祖国

我要用诗，包装好多年的心情
献给你

第七辑　诗的世界才是
　　　　　人的世界

# 红土诗社（组诗）

## 1

因为你，诗歌在半岛，排列成剑麻
因为诗歌，你在北部湾，站立成风帆
你和诗歌，都是故乡的原色

## 2

他的财富像高山
他的诗情像高山上的雪莲
他的爱心
像雪莲上的晶莹

## 3

你喝醉了，诗句会掉落地上

哐当一声

他喝醉了，笑声会掉落地上

骨碌几下

你和他都喝醉了

世上会少一份沧桑，多一份童真


# 4


诗情，一旦遇上故乡的风

便以二次方的速度增长


那在普希金殿堂踱步的四双脚

只是代表


# 5


烈日炎炎，他挣扎着往上爬

但藤蔓一般的诗句

一条条

在拽他的后腿


他的血

流淌成红土地的河

## 6

你每天眼睛所及，全都是诗

毛茸茸的意象

稚气闪动的灵感

夜深人静时

你时常光着脚，拉着裙裾

奔向诗的原野

## 7

你是警察

也是诗人

所以你身上经常带着

两把枪

## 8

紫苏、白芷、黄芪……

你每每把几味中药写在一起

合成一首

香气四溢的诗

微风、小雨、阳光……
你每每把诗句写成方子
而你，也成了一味中药


# 9


这里的历史并不悠久
这里的景色并不美丽
但有一场欢呼
在某年某月某日，巡回到这里


这种欢呼
因为充满激情而穿透万物
因为饱含诗意，而矗立成了
青春的雕塑


# 10


人生三十年
一个青春的跨度
红土诗社三十年
引发了，无数个青春的感动

# 社长老墨

诗不好吃，吃不饱
那点肚腩，他攒自房地产

写诗，也写小说
他用小说，把诗喂饱

在房地产，是总经理
在红土诗社，当社长
调侃地说，都是正处级

当总经理，花了老板很多亿
当社长，花了自己

为啥叫墨心人，不说
心不黑，脸有时很黑
当你说他评诗不公正的时候

写诗的人浪漫，怎会没人爱

就像那阴沉木，摆在书架上

为啥叫墨心人，或许
一直有爱，重重地，墨了心


注：墨心人（老墨），湛江红土诗社社长

# 社徽

我拟将少浩的头颅

设计成诗社的社徽

少浩的头颅是块好材料啊

你看那彤红，分明就是红土地的底色

颅背那沟壑，多像半岛的河流

颅顶闪闪发光啊

应是按捺不住的诗情


我为这个创意感慨啊

这是我走进雷州林场

在一片 60 多岁的松树林里

突然，就产生的灵感


注：少浩，湛江红土诗社社员。

# 雨

天灰蒙蒙的，风有点大，雨却不落下来
阳台的花被吹得歪斜

海的那边很暗
我想那边的雨应该落下来了

我想那雨应该淋了
我的朋友少浩（胖胖的、光头）

# 赏析诗作《阴沉木》

上帝啊！请帮我打倒一首诗吧

打倒湛江红土诗社墨心人作的

《阴沉木》


它用沧桑击伤了我啊

万年古意

弥漫阵阵雨雾

古今混合的沧桑，影影绰绰

满含泪水

正冲击我的心堤


它用生命讽刺了我啊

一百年，一千年，一万年

绝望了还拒绝抚慰

干涸了还澎湃春潮

而我半百未到，梦已凋零


它还有爱，要千古幽情相伴一生

这是含沙射影啊!

在我伤口撒盐

难道,她雨夜逃离

是因为我的无情


上帝啊!快毙了这首诗吧

书架上这截阴沉木啊

它的心思我懂,能读懂

它完完全全就是,冲我而来


**附:**

阴沉木

墨心人

1

它曾是一截铁力木树杈 / 开过花 结过果 / 如今摆在书架上 / 已是一卷天书 // 阴沉古意弥漫 / 纷扬起满书房雨雾 / 别直视沧桑 / 直视会泪满眶

2

一百年长不成大树 / 一千年或还是少年 / 远离尘器 遗世独立 / 这生命无人能够觊觎 // 那些纹理曾储满大地汁液 / 是树干纵横交错的河 / 我想里头该有鱼 / 还有波浪翻飞 帆影点点 // 如今干涸得像石头 / 渗不进半滴春雨 / 有种绝望拒绝一切抚慰 / 却兀自澎湃凝固的春潮

3

星光在炭色里冒出来 / 越黑 越晶莹剔透 / 此刻窗外夜黑如墨 / 树叶沙沙 林木森森 // 我依稀是一截树杈 / 埋在无尽岁月中 / 某日若挖出来 / 或被摆在书架上 / 或被沿街叫卖 / 或被做成手串——据说能辟邪 / 我更想埋在谁心里 / 以千古幽情相伴一生 / 一起欢乐 悲伤 直至腐烂 / 让阴沉的阴沉 / 让发光的发光 // 别给我太久的等待 / 我怕会老死在路上 / 书架上的这截阴沉木 / 谁能读懂它的心思

# 柚子

波哥老家的柚子熟了
诗人们前去采风
有人写道：波哥老家的柚子啊
多像女诗人的屁股

波嫂认为诗很贴切
是柚子不好
砍了三棵之中的两棵

# 上《诗刊》

诗人五点上《诗刊》了
诗名《饺子》
意想不到的是
诗社大街上的饺子馆
从此无人问津

有好事者沿街叫卖家传好饺
叫破了嗓子
只有一条狗探出头来
吐了两次舌头

# 致女诗人林雪

偷偷地望你
我郑重地给自己两个任务
一看美女
二看诗

我坐上飞机，飞到东北大地
俯瞰那白山黑水，寻觅一点红
与你比对
我钻进百度，腰别弯刀
割来千幅诗景，拼成一孔眸
与你比对

你用诗，屏蔽倩影
我看见一绺青丝、一丝羞涩
正飘出诗外

# 羊群

我是一千多年前，敕勒川
阴山下的一只羊
点缀过苍茫

那个黄昏的风比往常要猛
我们与草一起往下倒
瞬间消失于乐府，逃离了历史
但也是从那一天开始
我们学会了，躺着看天

追着寒流的尾巴往南走
是很多年之后的事了
也一直走了，很多很多年

# 写诗的老男人

一个梦，开始轻飘飘
后来沉甸甸
你一直揽在怀里
像抱着一个，越长越大的恶性肿瘤

昨夜你呼哧呼哧的
被老婆从书房的床上，踹到地板上
后来经过证实，你屁股上的骨头
砸碎了一段，约六句，美丽的诗行

那天你走在大街上，袖着手
头发蓬乱，不敢正视太阳
那天你像一个旋涡，旋进了太多目光
和阳光，让天也变暗了

那年你长成一个热带气旋
以每小时五至十公里的速度
向《诗刊》《星星》

向海子、刘年、林雪、余秀华的方向移动

但不久便变得微弱

直至消散在，一个故事里

# 荣升副社长感言

心头的窃喜像飘飞的雪花
我似乎正裹着棉袄
袖着手，走在白山黑水间

我曾用三十年的诗句
搭一个舞台，还试着跨上去
但摔得鼻青脸肿

也曾用一季季的诗梦
编一部神话，自己当主角
却走进了野狗把守的胡同

今天，首先要感谢父母
是他俩给我诗的基因
让我吐气扬眉

其次要感谢诗社的老师
他们静静地笑

简直就是一首首励志的诗

最后要感谢诗社众仙
他们听我指示，为我欢呼
还夸赞我突然提高的诗艺

同志们啊
这白山黑水，无限诗意
请允许我，先走几步试试

# 大天然之歌（歌词）

一盏盏渔灯，穿梭于海洋
一双双翅膀，起舞在鉴江
一垄垄茂盛，农庄里绽放
源于大自然
我们的精彩奔跑在路上

明珠多璀璨，矗立在海湾
雄鸡正歌唱，鱼虾做舞伴
粽与饼飘香，豪情达三江
品在大天然
我们的相逢镀上了金光

源于大自然，品在大天然
一勺清香飘港城，万里传
啊！我们的青春闪闪亮
婀娜的梦想在飘扬

源于大自然，品在大天然

一勺情意飘港城，万里传

啊！我们的青春闪闪亮

蔚蓝的理想在飘扬

第八辑　会发光的乡愁

# 父亲（组诗）

## 1. 马

我的马，多少次将我驮起
让我看更远的风景
我的马，多少次累倒在地板上
鼾声与我的"驾驾"声，交响


嗒嗒嗒，嗒嗒嗒
我的马奔跑在风雨中
徘徊在岁月里
那背影，像冬蝉一般冷寂

## 2. 甲骨文

梦里的父亲
站在古老的甲骨上
手里攥着，一根令我悚然的棍子

而目光里的爱，像一条红色的虫
时而蜷曲，时而伸直
时而翻滚

在父亲节的早上醒来
我发现，甲骨文"父"字
在我怀里的字典上，湿透

## 3. 评书

1973年4月，购于东简公社新华书店
1974年12月，购于岭北公社新华书店
一本评书一行字，字已泛黄
却透着斧头的锋利

仿佛父亲的破自行车
和后座上的木工箱子
正行走在半岛的黄昏

最后的一个年份
写在一本《说岳全传》上
风波亭上的血和风雨，有父亲的折痕

# 大海

我把一个背景是大海的故事

献给大海

大海亲吻了我的脚


我把一束用伤痕拼成的花朵

献给大海

大海抚摸了我的头


我问大海

那一群群鸥鸟的去向

大海沉默不语

# 杨柑河

河越来越深，水越来越少，寂寞越来越多
已载不动
最小的歌谣


一只，两只，三只
几只蜻蜓飞进初冬
幻想着，荡起涟漪几圈


那流水的心思
离我的家乡，越来越远


不敢等待，在新埠海
怕会气喘，怕会像小旋涡一般，凋谢


不敢久待
怕每一步，都会踩到童年

# 火车开往童年

子夜上车，滑过城市的灯火
汽笛冲开一条宽阔的路

第一站，父亲站
站台上浓雾徘徊，有惊飞的林鸟

第二站，奶奶站
那隧道口，像岁月里无牙的笑容

第三站，大榕树站
月光正好，有单车铃声一直在响

凌晨五时，到达童年站
那飘在四周的记忆，渐渐出现了色彩

列车没有返航

# 腊月

寒风飕飕。我走出街灯

开始时蹑手蹑脚

紧接着大步流星

我要挣掉鞋和袜，甚至外套

跑出一片荒野来

我要追寻一股香味，一缕暖意

跑回童年


我要跑到村南的老井

喝一口暖和

我要把牛棚北墙的洞填了

然后读老牛眼中的感激

我要把飘飞的旧对联按住了

按住父亲一年的希冀

我要把母亲头上的草丝拣了

然后轻轻地，抚平忧愁


我一路跑一路想

在哪一天跑回去最好
十五日吗？早了点
村东林子里的鹧鸪还在叫唤
二十五日吗？太迟了
那大饼、腊肉和小年的香味
已远远地，漫出村外……

# 喜欢秋天的童年

炎夏里，我没有的确良衬衣

没有胶凉鞋

寒冬里，我没有棉衣

没有那戴在手上，还能温暖脸庞的手套

就算在春天里

我的眼睛所及，也没有几朵红彤彤的花儿


但在秋天

我至少有孤雁做伴

至少可以闻见空气中踏实的汗味

至少有父辈偶尔露出的笑容充饥

我的心，至少还可以

与片片纷飞的金黄，共舞

# 寒姑的红包

最疼我的寒姑
每次见我，几乎都给红包
起初是一毛五分的
用一块不规则的红纸包着

听村里的叔叔伯伯说
我寒姑是方圆几十里最漂亮的女人
可惜嫁了一个酒鬼
生了一大堆孩子

寒姑常被酒鬼痛打
有一次熬不住，跑回娘家哭
那次她也给我红包了，怔怔地笑着
看着我把拆下的红纸，扔到地上

寒姑唯一一次不给我红包
是酒鬼死去那年。她回娘家
我绕着她转了好几圈

她只是摸我的头，就是不给

就是在那次，没领到红包的我
像是读懂了寒姑

# 咸鱼

父亲把最后一条咸鱼

挂在灶前的吊钩上

吩咐每望一眼

喝一口粥

番薯干粥晃着母亲和油灯的影子

滋溜滋溜的声音在转圈


爸爸，哥哥占便宜

望了两眼才喝一口

别理他

就咸死他


四十多年了

在这段记忆里

我总是，笑着流泪

# 秀叔，斧头和书

一把斧头，从乡村砍向城镇
"秀叔师傅"的招呼声
挤满赶集的小路

一盏油灯，亮在北部湾的冬夜
渔火和星星都睡了
但有一本书，还在翻页

木匠秀叔用斧头挣来一块钱
六角上交了生产队
三角寄给了妻儿
剩下的一角
买书

秀叔的斧头砍过万万斧
有一斧，留给自己脚上的一条筋
此前的深夜，油灯前的评书
正翻至第八十四回
风波亭

# 锯子

锯子会跑
跑过几十个乡镇，几百条村庄
跑了几十年

锯子喜欢音乐
干活时吱吱呀呀地唱歌
休息时静听老木匠哼粤曲

老木匠最后的落脚点是小县城
锯子也跑到了小县城

老木匠埋到地下去了
锯子挂在墙上，挂成了一把琴

# 秀叔的狗药

秀叔采药从岭上回来
又弓着腰，开始
拣药、称药、剁药、包药……

人被狗咬了要打针
政府这样说，秀叔也这样说
但很多人不这样说

几十年间，几千人上门
叫一声秀叔
就可拿药，不用付钱

但不收钱也不容易
年轻时手一挡，脸一沉
钱只好缩回去了

年老后，人家将钱一塞
撒腿就跑了。秀叔每每举着钱追赶

三步一喘，还曾经摔断了手

秀叔去世前
拽着老伴的手说
继续送药，不要收钱

# 饼树

你是父亲亲手种的，悉心照料的
最后一棵饼树

母亲曾说你没良心
你在父亲病重并离去的一个多月里
还狠心地、嗖嗖地疯长
长得遮天蔽日

不久，来了强台风
你迎风飘舞，茂盛的枝叶像翅膀
你飞起来了，又摔到地上
没几天就枯死了

很多人不知道你的大名
你叶子如饼
长于雷州半岛，种于渔村人的门前

# 元宵菜谱

无鸡不成宴

我点一个白切玉米鸡

今年流行盐擦鹅，用小竹盘上

二嫂，你的姜醋猪蹄拿手

龙虾现在便宜，用蒜蓉蒸起来

一人一只，非常豪华

汤就用大连鲍鱼吧

炖鸡脚和香菇，简单点……

父亲一直不说话

像是在倾听大家的意见

又像在追踪远处的鼓点

记得以前，每逢元宵节

他恨不得俯身下去

变成一条，可以清蒸的鱼

# 回家的路

父亲，五年了
那条路，一直湿漉漉

那天刚出城，碰上修路
医生用听诊器听你
听了好几公里
就像你以前，在听那小小收音机

妹妹在车头带路
我晕车，你知道的，本不能坐后面
尤其不敢倒着坐
可是那天，我一点都不晕

父亲，我的头不晕
但手很抖
我用发抖的手给你的喉咙打气
呛到你了吗

那天你太像单车轮胎了

以前你给车打气，呼哧呼哧地
不时蹲下去捏捏
父亲，那天我，不敢捏你

快到茶亭了，这路你熟悉
你十几岁就推着独轮车走过
你说那时的茶亭
既没有茶，也没有亭

前面又在修路了，还下起了雨
医生又在埋头听你
就像你以前，在捣鼓那收音机
医生他一脸茫然啊
说针水还在滴

父亲，到农场了，快到家了
农场也有你的好朋友
你睁睁眼吧
医生他一脸茫然啊
说针水还在滴

妈后来老是问我
她怕你找不到回家的路
我回她说，当我踹开老屋门的时候
那扎在你手上的两瓶针水
还在滴

# 拖罗饼

北部湾，北部海面
海岸线连着圩和渔村
一辆自行车，在岸线上滚动
接近云的高度

车轮子晃动着夕阳
看得清，后座上的帆布袋
看得清，车把上父亲的手
看得清，那车头斜斜挂着的菜篮

海浪推过来的一阵子风
掠过三十年后的梦野
吹来了，那菜篮子里
闪着油光的，一粒芝麻的香甜

# 母亲床头的风扇

母亲时常生病，你却一直康健
你只是曾经丢失了开关
是父亲用木片，给你弄上的

还有就是，父亲去世那天
你摔倒床前，断了一只脚
是母亲用绳子，给你绑上的

母亲时常擦拭你
还自言自语
就像跟你有说不完的话

你总算有点良心
上次母亲晕倒，住了院
你在家孤独地摇头
一摇就摇了半个多月

# 国庆前夕

惠州城解放前夕
国民党兵逃跑了，只留下警察
由于街上经常死人
所有的门都是紧闭的
当年十岁的陈伯
那天在家待不住，早早就溜上了街
于是第一个，看到了可爱的身影
开始时几个，后来越涌越多
后来所有的门都打开了……

这是新中国七十华诞前夕
我在收音机上听到的故事
陈伯接受采访时很爽朗
很健谈，咬字很清晰

忽然，我想起了我的父亲
解放当年，他也是十岁光景
但现在已长眠地下，好几年了

# 狗尾巴草

公园小径旁

最怕看见孤独的一茎

若有疾风，会看见黄色的小狗引路

遁入岁月的深处


会看见小狗紧随的，裤腿儿

# 清明的天空

那云路引着的光是你的视线
那远处隐隐的水是你的心湖
我要爬上你的视线
抵达你的心湖

我走得匆忙啊
连一束鲜花都未能捎上

走过桃林时，我没有采摘
我知道你不喜欢庸俗
走过冰山时，我没有爬上去
我知道你不喜欢清高
前面就是一片草地了
我准备给你，摘一千种小花

父亲啊！我知道你残破的一生
从来就没领过，一束鲜花

# 火龙果（组诗）

## 1

火是太阳，是坚韧，是行动
龙是姿态，是图腾，是紧贴大地的膜拜
果是希冀，是丰收，是喜悦

火龙果，是……

## 2

我的家乡，原本没有你
果，曾经奢侈的诱惑
在儿时的渴望里摇曳

当生活感知了甜蜜
你便像红姑娘，款款而来

像花仙子，飘然而至
在田头坡尾的阳光下，跳舞

你是果，也是我生命之火


# 3


太阳炙烤，田地龟裂
你仍在低头前行
万物枯萎，满目疮痍
你在火中捧出清甜血液

但你，也有几朵晚开的花
还有几个笑容，皱成那晕红的皮

看见你，我想起父亲


# 4


那是我离乡多年之后，山野间
忽然长出的
一大片一大片乡愁
开花、结果

一条条，弯弯曲曲地爬行

那乡愁，在夜里还会发光
一望无际地燃烧
还会让记忆漏出风来
对着脸猛吹
吹的眼泪，哗哗哗地流

# 人间烟火味 最抚凡人心
## ——论梁云山"人物诗"中的底层关怀

王书第

　　诗人梁云山创作的人物诗，基本上选择的都是通俗的题材，接地气的小人物，有明显的市井倾向，并深得其道。在梁云山大量的"人物诗"中难觅超脱世俗的诗句，也不见华丽炫技的辞藻，只见人间烟火袅袅。"人间烟火味，最抚凡人心"，市井百态，寻常生活，最能抚慰世俗人的思想了。或许，梁云山亦深知这一点。

　　梁云山始终坚持真实"在场"的底层书写，他笔下的人物栩栩如生，很容易就让人产生身临其境的"在场感"。诗歌中人物大多来自贫穷农村，挣扎在社会底层。从《赶海人》《福哥的歌谣》等一系列作品可以看出，诗人有深刻的农村生活经历，还有海边渔村生活经验，显然，梁云山有触摸社会普遍伤痛的契机和资本，他身边有的是丰富的故事。这个时代，重提诗歌乃至文学的底层关怀和底层写作，是与人文关怀、道德关怀和悲悯情怀紧紧契合的，具有十分重要的现实价值。现实主义是作为浪漫主义的论辩敌手出现的，它本源地含有反对幻想和崇尚真实的意义。

　　梁云山以一种相对冷静的眼光看待现实并思考人物的命运，他摒弃浪漫主义的主观想象和抒情，这些人物诗都烙上了现实主义的浓重色彩，通过对社会现实作如实细致的描绘，深刻剖析社会，他是一个现实主义歌者，不遗余力地在为底层呐喊。人物诗中的代表人物，诸如赶海人桶叔、公路狗阿贵、五保户来伯等基本上都是平平凡凡的小人物，诗歌笔触伸向广袤大地上的农民和工人以及小市民，诗人梁云山笔下刻画的秀叔、姐姐、福哥、寒姑等人物形象性格特征和精神风貌都非常突出鲜明。诗人梁云山笔下的人物，就是我们的父老乡亲，就是身边的兄弟姐妹，有时甚至就是我们自己，至少，从这些诗歌中我可以感受到，它是诗人走过的脚印、成长的履痕和生命的记忆。

只要用心读过这些诗篇，就会感受到诗人的底层关怀并不是居高临下的，他完全没有带着一种俯视的心境和角度，而是真正同底层人物同呼吸、共命运。例如五保户来伯的故事，在生活中毫不起眼，没有反转，没有逆袭。来伯的房子方向明显和其他村民房子的方向不一致，他们生活的轨迹明显也不在同一频道，看似普普通通，却真实得刺骨。

小人物来伯死了，在诗人眼中却是无法忽略，也无法逃避的，有一种力量在重重地敲击他的心门。伟大的哲学家罗素曾把对爱的渴望、对知识的追求和对遇难者的怜悯视为人的三大本能，并认为这是"人之所以是人"的必要条件。诗人梁云山内心信念的光，是对遇难者痛彻肺腑的怜悯，这是最朴素的仁心。诗人梁云山总是希望这些底层弱小于无所希望中得救。

诗人笔下的阿贵置身人群中是个再平凡不过的小人物，与我们并无多大差别。阿贵之所以从最底层的小人物中脱颖而出，只因他有宽阔的心灵。法国作家雨果说过，世界上最宽阔的东西是海洋，比海洋更宽阔的是天空，比天空更宽阔的是人的心灵。那个特殊的年代，那种特殊的境遇，那样特殊的请求，阿贵葆有他原有的道德底线。正是因为艰难，才让阿贵无所适从的选择成了一道光。

一个人深到骨子里的教养，是对底层的尊重。诗人梁云山在诗歌中一直为底层奔走，嘶声呐喊。梁云山诗歌中的人物都是一些底层小人物，或许因为环境、素质、受教育程度以及各种先天不足、后天贫血的主客观原因，不得不为自己的生存而挣扎和跋涉，但是他们理应享有人类生存的尊严。因此在诗人眼中，无论你是一个被别人忽略的五保户，还是一个追赶生活的摩的司机，"一切人都是平等的，我们毫不特殊"。

海明威说："人可以被消灭，但不能被打败。"这就是所谓的英雄主义。平凡小人物也能成就英雄主义。诗人笔下的一些小人物都有英雄主义情结的，公路狗阿贵不求回报英雄救美，阿贵在一个陌生女子最需要帮助，最困惑、迷茫徘徊的时候挺身而出，给予她以力量、温暖与鼓舞，不图回报，这是真正的慈心。赤脚医生秀叔几十年如一日无私送药救人，"几十年间，几千人上门 / 叫一声秀叔 / 就可拿药，不用付钱 // 秀叔去世前 / 拽着老伴的手说 / 继续送药，不要收钱"，这显然是一个儿子对一个父亲品质的高度认同，其实他们就是来自我们中间的英雄。在这个意义上，每一个这样的你，即使是普普通通的一个，都是英雄。

梁云山诗歌中的人物展现的虽是人间百态，但精神层次不一样。尽管他们大多都是处于社会的底层，可都不是脸谱化、格式化的人物，而是有血有肉，感情丰富，活灵活现的小人物。在人物的描述上，诗人梁云山是没有"精神洁癖"的，他们有血有泪，也有缺点，他们的性格都不是完美且无可挑剔的，而是有一定的缺陷。例如《五保户来伯》中不经意出镜的好心人媳妇的丈夫，"来伯不会缝补，穿得破烂 / 一个好心的媳妇帮他补了几个洞 / 却害他被打致瘸 / 那原本还能挡挡寒风的门板 / 也被那媳妇的丈夫掀了半边。"我们可以从侧面窥见这位"小丈夫"的德性，小农意识"心胸狭窄，欺软怕硬"局限性展现得很具体，淋漓尽致。梁云山基本上都是用冷静，甚至用近乎克制冷酷的笔触，描写了小人物故事，真实可感。

《摩的司机·除夕篇》："在这个名叫除夕的日子 / 我奔忙北风中，穿

梭霓虹间 // 今天的警察，不抓我 / 好像还有一点笑 / 好像还朝我 / 点点头"。诗人描绘摩的司机除夕夜的"小确幸"具体可感。一个交警似笑非笑的表情，微小而确实的幸福与满足对于一个整日为生计奔波的摩的司机来说，都属于奢侈品，足够掀起内心波澜。梁云山写小人物很有心得，用厨房术语来说，是属于用慢火熬出来的那种，食材在罐中低低吟唱，飘出人间幸福的味道。除夕夜属于一家团聚的好日子，除夕夜属于摩的司机讨生活的好日子，城市繁华褪尽，人间至味是清欢，诗人梁云山用他犀利的笔触写他们日常生活中的种种艰辛与无奈，写他们的打拼和对生活卑微的期待，事实证明好的现实主义作品最能震撼心灵。

诗人梁云山是一个现实主义的"行吟者"，在日益物质化的时代，现代诗人甚少将眼光投向世间的人情炎凉，现实主义题材的诗歌亦不被许多诗人所偏爱。正因为诗人梁云山属于另类的少部分，更显得其"鹤立鸡群"般珍贵。当下，为什么我们有相当的诗人对这么一个庞大的存在无动于衷，为什么我们有相当的诗歌对这么一个庞大群体视而不见呢？这不能不说是当下诗歌创作的遗憾。让人感到欣慰的是，诗人梁云山始终在为社会边缘小人物代言，梁云山的诗歌没有失语。

梁云山的"人物诗"笔触简单而蕴藏力道，诗歌凸显了静穆中的爆炸力，他的人物大多表现出与命运抗争的顽强意识和警醒意识。梁云山在通过底层群体人物的刻画与描摹，凸显出人物的阶层属性。这些有温度的人物群像，无疑都是记录一个时代、一个城市、一个村庄发生的深刻嬗变与发展。

# 后记

　　一首诗一个故事，其实只能算是一个理想，一个未能实现的理想。这本书命名为《一首诗一个故事》，其实就有不诚实的成分存在。

　　在创作这本诗集之前，本人被聂权的《下午茶》震撼，被丁可的《母亲的专列》感动，被何三坡的《姐姐》感染。因为这三首讲故事的诗，本人开启了用诗歌讲故事的艰难之旅。

　　为何说"艰难"呢？是肚子里没有故事吗？非也。艰难之处有二，一是诗情不足；二是受环境影响太深，就像陷入泥潭一样。

　　其实，诗情不足可以慢慢培养，不影响正常创作，不影响用诗歌讲故事。但环境影响就不同了，正是因为身处一个不良的诗歌创作环境，才导致本人"一首诗一个故事"的理想难以实现，才导致《一首诗一个故事》里的一些诗作，没有故事。

　　这个"环境"，就是当前严重脱离群众的诗歌环境。这个环境里的诗歌产品，连我这个从十几岁就开始写诗的人，也没能真正读懂几首。至于本人是如何受这个环境影响和左右的，在这里就不赘述了。反正在这个环境里，你写让人看得懂的诗，那你就是异类，就是没水平，更别说用诗歌来讲故事了。

但本人不敢脱离群众，每每写出一首讲故事的诗，便会通过微信转发、头条发表等形式让不会写诗的群众看，倾听他们的意见，问他们是否有感染力；每当得到他们的肯定，便会欣喜若狂。

现在诗集终于出版了，里面有故事的作品还占了多数，这也是值得欣慰的地方。

在这里，特别感谢聂权老师！身处诗坛高地的他，居然愿意与"有点另类"的我交朋友，还愿意为经常批评中国诗坛的我作序，不仅体现了其本人的胸怀，也一定程度体现了当今诗坛的胸怀。

感谢湛江红土诗社的诗友们！几年来，诗友们的鼓励，诗友们对本人作品所提出的修改意见，令本人长进不少。

尤其感谢诗友王书第！他不厌其烦地阅读本人的作品，还写出了长达万字的评论文章，令人感动。

最后，但愿诗歌能把群众请回来，让群众个个爱诗、写诗；但愿普天之下处处诗情画意，人人诗情洋溢。

2020 年 6 月